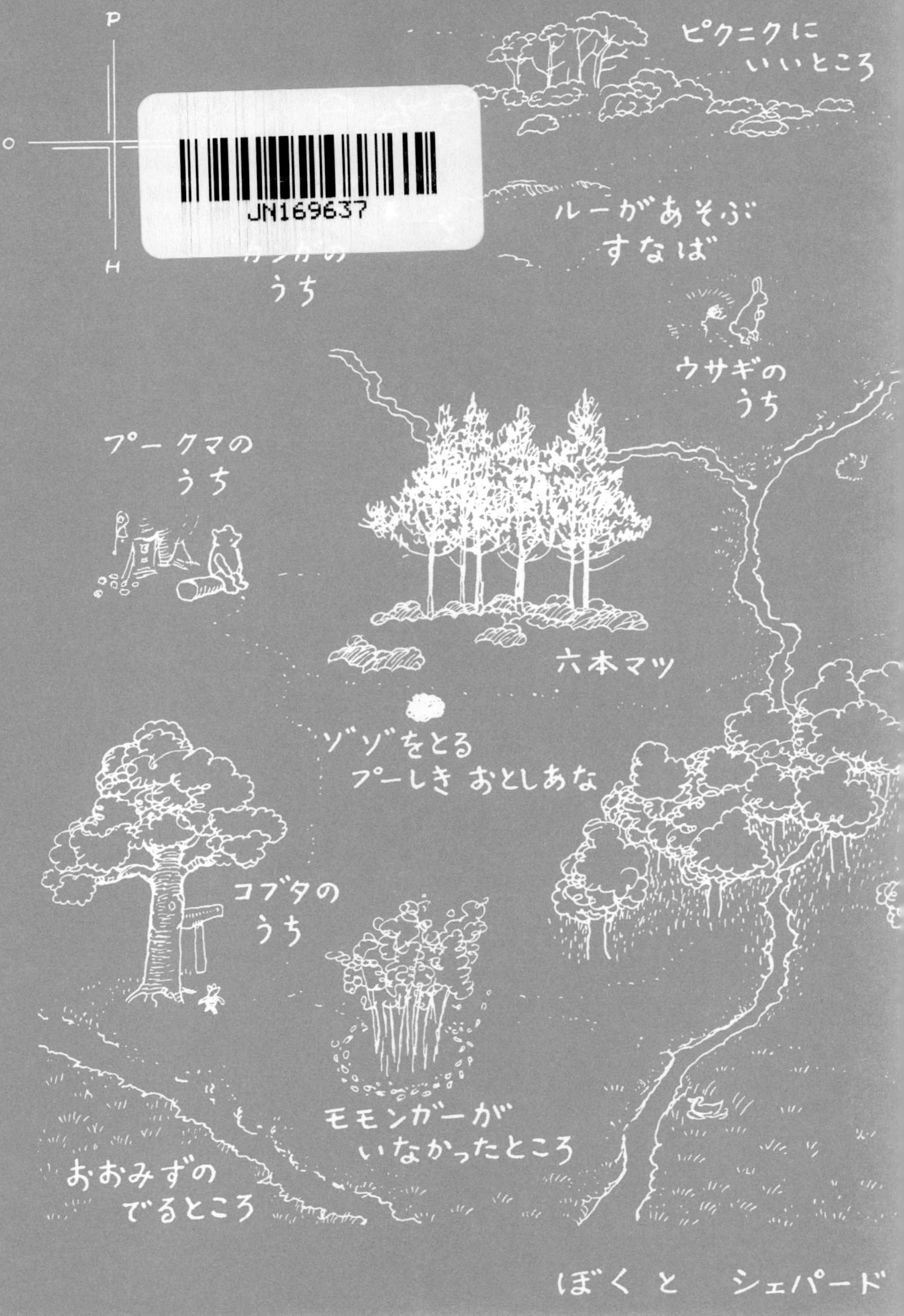
P
O
H
ピクニックに
いいところ
ルーがあそぶ
すなば
うち
ウサギの
うち
プークマの
うち
六本マツ
ゾゾをとる
プーしき おとしあな
コブタの
うち
モモンガーが
いなかったところ
おおみずの
でるところ
ぼく と シェパード

はじめてのプーさん

プーの
はちみつとり

A. A. ミルン ぶん　E. H. シェパード え

石井桃子 やく

岩 波 書 店

そうら、クマくんが、二階《かい》からおりてきますよ。バタン・バタン、バタン・バタン、頭《あたま》をはしご段《だん》にぶつけながら、クリストファー・ロビンのあとについてね。二階《かい》からおりてくるのに、クマくんは、こんなおりかたっきり知《し》らないのです。

もっとも、ときには、かんがえることもあるのです。このバタン・バタンをちょっとやめて、かんがえてみさえしたら、ほんとは、またべつなおりかたがあるんじゃないかな……

とね。
それから、いや、やっぱり、そんなおりかた、ないのかな、ともおもってしまうのです。
それは、ともかくとして、ほら、おりてきました。ご紹介《しょうかい》しましょう。クマのプーさんです。
さて、プーさんというクマは、二階《かい》から下《した》へおりてくると、なにかしてあそびたいな、とおもうこともありますし、また、しずかに炉《ろ》のまえにすわって、お話《はなし》をきき

たいな、とおもうこともあります。で、今夜《こんや》は——

「お話《はなし》は、どうかな？」と、クリストファー・ロビンがいいました。

「お話《はなし》が、どうしたって？」と、わたしがききました。

「すみませんけど、おとうさん、プーに、ひとつしてやってくれない？」

「してやろうかな。」と、わたしはいいました。「プーは、どんなお話《はなし》がすきだっけね？」

「じぶんがでてくるお話《はなし》。プーって、そんなクマなんだよ。」

「なるほど。」

「だから、すみませんけど。」

「じゃ、やってみようかね。」

というようなわけで、わたしはやってみました。

むかし、むかし、大《おお》むかし、このまえの金《きん》ようびごろのこ
となんだがね、クマのプーさんは、森《もり》のなかで、ただひとり、
サンダースという名《な》のもとにすんでましたとさ。
(「名《な》のもとにって、なに?」
と、クリストファー・ロビンがききました。
「金《きん》ピカの字《じ》で、そういう名《な》まえの書《か》いてある表札《ひょうさつ》が、玄《げん》
関《かん》の戸《と》の上《うえ》にのっかってて、その下《した》にすんでたんだ。」
「プーが、よくわかんなかったんだよ。」と、クリストファ
ー・ロビンがいいました。
するとわきから、
「もうわかった。」
と、うなるような声《こえ》で返事《へんじ》があったので、

サンダース

「じゃ、さきを話《はな》すよ。」とわたしはいいました。）

ある日《ひ》のこと、プーが、ぶらぶら外《そと》を歩《ある》いてるとね、森《もり》のまんなかにある、ひろっぱにでたんだ。そして、そのひろっぱのまんなかには、大《おお》きなカシの木《き》があってね、そのカシの木《き》のてっぺんから、ブンブン、ブンブンという、大《おお》きな音《おと》がきこえてきたんだ。

プーは、その木《き》の根《ね》もとに腰《こし》をおろすと、りょうほうの前《まえ》足《あし》でほいほいおづえをついて、かんがえはじめた。

まず、プーは、こうかんがえた。

「あのブンブンて音《おと》には、なにかわけがあるぞ。ああいうブンブンて音《おと》が、なにもわけがないのに、ただブンブンいうはずはないんだもの。ブンブンて音《おと》がするのはだね、だれかが、ブンブンいってるからなんだよ。

それで、なぜそれが、ブンブンいうかっていえばだね、そりゃ、そいつが、ミツバチだからにきまってるさ。」

それから、プーはまた、ながいことかんがえていたが、やがて、

「なぜ、世《よ》のなかに、ミツバチなんかいるかっていえばだね、そりゃ、ミツをこさえるためにきまってるさ。」といって、立《た》ちあがると、

「それで、なぜ、ミツをこさえるかっていえばだね、そりゃ、ぼくが、たべるためにきまってる。」

そして、プーは、木《き》にのぼりはじめた。

プーは、どんどん、どんどん、のぼっていったが、のぼりながら、みじかい歌《うた》をうたった。それは、こんな歌《うた》だった。

ふしぎだな
クマは　ほんとに　ミツがすき
ブン！　ブン！　ブン！
だけど　そりゃまた　なぜだろな

そして、もうすこしのぼって……それから、またもうすこ

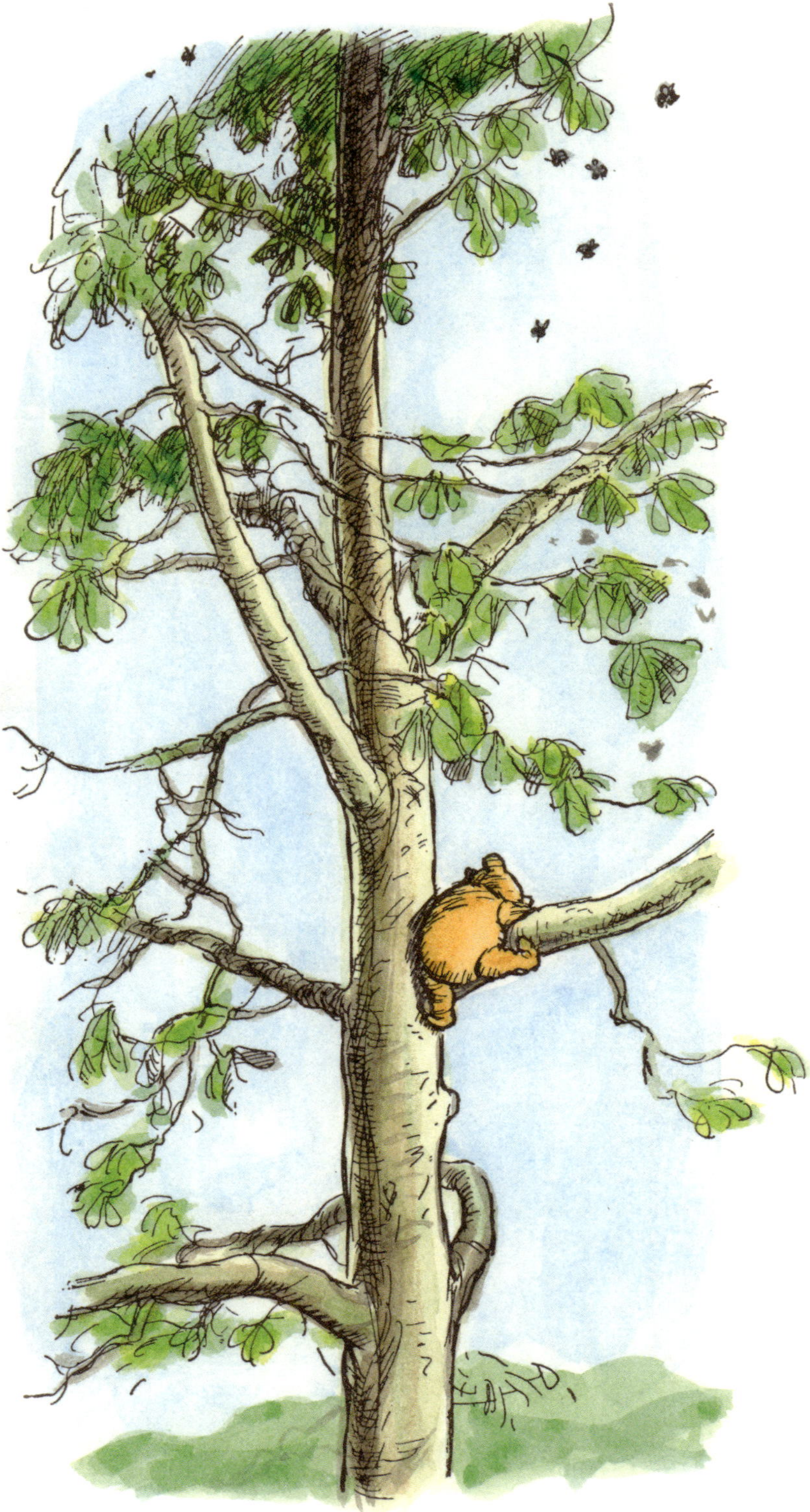

しのぼって、それから、もうちょっとのぼった。すると、そのうち、もうひとつ、歌《うた》ができた。

おかしなことじゃ　あるけれど
もしもクマが　ハチならば
巣《す》を木《き》の下《した》に　つくったろ
そうすれば、（ハチはクマだから）
こんなにのぼらず　すむのにな

もうここらにくるまでに、プーは、だいぶん、くたびれてしまったんだね。だから、こんな「なさけない歌《うた》」なんかが、できてしまったわけなんだ。けれど、もうミツのあるところへは、とどいてしまったようなものなんだ。

ただ、あの枝《えだ》へのつかってしまいさえすれば……

パシン！

「あれッ！」と、プーはいいながら、三メートルばかり下《した》の枝《えだ》へおっこっていった。

それから、

「ああさえしなけりゃ——」

と、いいながら、七メートルばかり下《した》の、つぎの枝《えだ》へはずんでいくと、そこからまた、

「だって、ぼくは、ああいうふうに、」

と説明《せつめい》しながら、十メートルばかり下《した》の、つぎの枝《えだ》へ、もんどりうってぶつかっていった。

「だって、ぼくは、ああいうふうに……」

「そりゃ、もちろん、すこしは――」と、プーは、じぶんのわるかったことをみとめながら、すばやく、そのつぎの六本《ぼん》ばかりの枝《えだ》のあいだを、すべりおちた。

「やっぱり、ぼくが、」

さいごの枝《えだ》にわかれをつげると、三どばかり、でんぐりかえしをうって、しなやかにハリエニシダの木《き》のなかにすべりこみながら、プーは、かんがえた。

「やっぱり、ぼくが、あんまりミツがすきだから、いけないのさ。あ、いたッ！」

プーは、ハリエニシダのあいだからはいだして、鼻《はな》から、とげを払《はら》いおとすと、またかんがえはじめたんだ。そのとき、

プーの頭《あたま》に、まず浮《う》かんだのは、だれだったかというと、それは、クリストファー・ロビンでありました。

（「それ、ぼく？」クリストファー・ロビンは、とてもほんとおもえないように、おそるおそるききました。

「きみさ。」

クリストファー・ロビンは、なんにもいいませんでした。でも、クリストファー・ロビンの目《め》は、だんだん、だんだん、大《おお》きくなり、顔《かお》もだんだん、だんだん、赤《あか》くなっていきました。）

というわけで、プーは、クリストファー・ロビンのところへやってきました。クリストファー・ロビンは、森《もり》のなかの、すこしはなれたところで、緑色《みどりいろ》の戸《と》のある家《いえ》にすんでいました。

「クリストファー・ロビン、おはよう。」

と、プーがいって、

「プーのウィニー、おはよう。」

と、きみもいった。

「もしかして、あなた、風船《ふうせん》なんてもの、もってないかなあ。」

「風船《ふうせん》？」

「ええ。ぼくね、こんなことかんがえながら、きたんです。『クリストファー・ロビン、風船《ふうせん》なんてもの、もってないかな。』ってね。風船《ふうせん》のこと、かんがえながら、どうだろなって、おもいながらきたんです。」

「風船《ふうせん》、なんにつかうの？」って、きみがきくと、プーは、

だれかきいていやしないかと、ぐるっとあたりを見《み》まわしてから、前足《まえあし》で口《くち》をおさえ、ヒソヒソ声《ごえ》で、

「ハチミツ！」

「だって、ハチミツは、風船《ふうせん》じゃとれないよ！」

「ぼくは、とれるんだ。」と、プーはいった。

ところが、ちょうどそのまえの日《ひ》、きみは、お友《とも》だちのコブタの家《いえ》の、お茶《ちゃ》の会《かい》によばれていってね、そこで、風船《ふうせん》のおみやげをもらったんだ。

きみは、緑色《みどりいろ》の大《おお》きいのをもらった。それから、ウサギの親《しん》せきの子《こ》は、青《あお》い色《いろ》の大《おお》きいのをもらった。

ところが、その子は、その風船《ふうせん》をわすれていってしまったんだよ。やっぱり、お客《きゃく》にいくほど大《おお》きくないのに、いった

からなんだろ。
それで、きみは、緑色《みどりいろ》のと、青《あお》いのと、ふたつとも、家《いえ》へもらってきていたのさ。
「どっちがいい？」って、きみが、プーにきいた。
すると、プーは、ほおづえをついて、とてもいっしょうけんめい、かんがえた。
「つまり、こういうことなんです。」
と、プーはいった。

「風船《ふうせん》でハチミツをとるにはね、ハチミツをとりにきたってことを、ミツバチに知《し》らせないようにするのが、だいじなことなんです。だから、もし、緑色《みどりいろ》の風船《ふうせん》をつかえば、やつら、こっちのこと、木《き》だとおもって、気《き》がつかないかもわからない。それから、もし青《あお》いのつかえば、こっちのこと、空《そら》だとおもって、気《き》がつかないかもわからない。だから、問題《もんだい》はだ、どっちのほうが、気《き》がつかないかってことなんです。」

「でも、風船《ふうせん》の下《した》にいる、きみのこと、気《き》がつかないかなあ。」

と、きみがいうと、プーは、

「つくかもしれないし、つかないかもしれない。ハチが相《あい》手《て》じゃ、なんともわからないですよ。」

と、いってから、またちょっとかんがえて、

「ぼく、ちいさい黒雲《くろくも》になってみよう。そうすりゃ、やつら、だまされますよ。」

「じゃ、青《あお》い風船《ふうせん》のほうがいいね。」

と、きみがいった。

そこで、風船《ふうせん》は青《あお》ときまった。

さて、それから、きみたちふたりは、青《あお》い風船《ふうせん》をもってでかけた。

そのとき、きみは、いつものように、もしやのときにとおもって、鉄砲《てっぽう》をもってでかけた。

それから、プーは、プーの知《し》ってた、とてもどろんこの場所《ばしょ》へいって、ごろごろ、ころがったものだから、からだじゅう、まっくろになってしまった。

それから、風船《ふうせん》が、とてもとてもふくらむと、ふたりで糸《いと》をおさえていたのを、きみだけ、きゅうに手《て》をはなしたものだから、プー・クマくんは、品《ひん》よく青空《あおぞら》のほうへあがっていった、とおもうと、ちょうど木《き》のてっぺんとおなじくらいの高《たか》さで、七メートルばかり、はなれたところにとまった。

「ばんざァい！」と、きみが大《おお》きい声《こえ》でいった。

「すてきでしょう？」プーも、上《うえ》のほうからどなった。「ぼく、なんに見《み》えます？」

「風船《ふうせん》にぶらさがったクマみたいだよ。」

「あの……」プーは、心配《しんぱい》そうにいった。

「あの、青空《あおぞら》にでてる、ちいさい黒雲《くろくも》みたいじゃなくて？」

「あんまり、そうは見《み》えないや。」

「うん、でも、まあいいや。高《たか》いとこから見《み》れば、べつなふうに見《み》えるかもしれないんだ。それに、ほら、ぼくもいったでしょう、ハチが相手《あいて》じゃ、なんともわかりませんよ。」

ところが、プーを木《き》のほうへ吹《ふ》きよせてくれる風《かぜ》がなかったので、プーは、おんなじところに、じっとしていた。ハチ

ミツは、すぐそこに見《み》えるし、においだって、してくるんだ。けれども、ざんねんなことに、もう少しのところで、手《て》がとどかないんだ。

すこしすると、プーは、また、きみをよんだ。

「クリストファー・ロビン！」

と、大きな、コソコソ声《ごえ》でいった。

「なんだアい。」

「どうもね、ハチのやつ、なにか、うたぐってるようですよ。」

「どんなことを？」

「そりゃ、わかんないけど。どうもハチのやつ、うたぐってるって、虫《むし》の知《し》らせがあるんです。」

「きみが、ミツ、とりにきたって、かんがえてるんじゃない？」

「そういうことかもしれない。なにしろ、ハチが相手《あいて》じゃ、なんともわかりませんさ。」

そこで、また、ふたりは、ちょっとだまった。が、プーはまたすぐ、声《こえ》をかけてよこした。

「クリストファー・ロビン！」

「あいよう！」

「あなた、家《いえ》にかさもってますか。」

「ああ、もってる。」

「それ、もってきてね。それ、さして、ここんとこ、歩《ある》いて、ときどき、ぼくのほうみてね、『ちぇっ、ちぇっ、雨《あめ》らしいぞ。』って、いってくれるといいんだがなあ。そうすれば、このハチども、だますの、うまくいくとおもうんだけど。」

これをきいて、きみは、おなかのなかで笑《わら》ってしまった。

「ばっかなクマのやつ!」

けれども、きみは、プーがだいすきなんだから、けっして口《くち》でそんなことをいったりしやしないさ。

そうして、きみは、かさをとりに、家《いえ》へかえった。

「ああ、かえってきましたね。」

プーは、きみが、また木《き》のところにかえってくると、すぐこういった。

「ぼくね、心配《しんぱい》しはじめてたんだ。ぼく、もうハチが、だんぜん、うたぐってるってこと、発見《はっけん》しちゃったんです。」

「かさ、さそうか?」と、きみがいった。

「ええ。でも、ちょっとまって。じょうずにやらないと、まずいんだから。まず、だますべきハチは、女王《じょおう》バチなんです。そこから、どれが、女王《じょおう》バチか、見《み》えますか?」

「見《み》えない。」

「ざんねん。うん、でも、あなたがかさをさして、あっちこっち歩《ある》きながら、『ちぇっ、ちぇっ、雨《あめ》らしいぞ。』って、いってくれれば、ぼくはぼくで、できるだけのことをしよう。雲《くも》が、うたいそうな、小雲《こぐも》の歌《うた》でもうたって。さ、はじめ!」

そこで、きみが、あっちこっち歩《ある》きながら、雨《あめ》がふるかな、どうかな、と、やってると、プーは、こんな歌《うた》をうたった。

青空《あおぞら》にうかぶ
雲《くも》はたのし！
ちいさい雲《くも》は
いつもうたう

青空《あおぞら》にうかぶ
雲《くも》はたのし！
ちいさい雲《くも》は
とてもとくいだ

ところが、それでも、

ハチどもは、あいもかわらず、うたぐりぶかそうにブンブンいっていた。

しかも、なかには、巣《す》をぬけだして、ちょうど二節《せつ》めをうたいだした雲《くも》のまわりを、ぐるっとひとまわりしたなんていうハチもあるし、また一ぴきなんかは、ちょっと雲《くも》の鼻《はな》の先《さき》にとまって、とんでいったりした。

「クリストファー——アーウ！——ロビン！」と、雲《くも》は、どなった。

「あーい。」

「ぼくね、ちょっとかんがえたんです。それでね、とてもたいへんなことに、気《き》がついたんです。こりゃ、ハチが、ちがってました。」

「ちがってた？」

「まったくちがう種類《しゅるい》なんです。だから、ミツだって、きっとちがうミツ、つくるでしょうね？」

「そうかな。」

「そうなんです。だから、ぼく、おりようとおもうんです。」

「どうやって？」

ところが、プーも、そこまでは、かんがえていなかった。もし、風船《ふうせん》の糸《いと》をはなすとすればさ——ドスン——とおちることになる。というのは、プーには、どうも感心《かんしん》できなかった。そこで、ながいことかかって、かんがえると、プーはいった。

「クリストファー・ロビン、あなたがね、鉄砲《てっぽう》で風船《ふうせん》をうつんです。あなた、鉄砲《てっぽう》もってきましたか？」

「もちろん、もってきたさ。でも、風船《ふうせん》うつと、風船《ふうせん》がだめになっちゃう。」

「でも、あなたが、風船《ふうせん》うたなきゃ、ぼくが、手《て》をはなすんだから、そうすれば、ぼくが、だめになっちゃう。」

そういわれてみると、きみにも、どうしなくてはならないかわかってね、そこで、きみは、風船《ふうせん》をようくねらってうった。

すると、「あ、いたッ！」と、プーがいったから、「あたらなかった？」と、きくと、

「ぜんぜん、あたらなかったわけじゃないけど……風船《ふうせん》にはあたらなかった。」

「ごめんね。」と、きみはいった。

　そして、もういちど、うった。すると、こんどは風船《ふうせん》にあたって、空気《くうき》がスーとでたものだから、プーは、しずかに地面《じめん》におりてきました。

　けれども、あんなにながいあいだ、風船《ふうせん》にぶらさがっていたものだから、プーの手《て》は、すっかりつっぱってしまって、それから一週間《しゅうかん》いじょうも、上《うえ》をむ

いて、つったったきりになっていた。それで、ハエがとんできて、鼻《はな》の先《さき》にとまると、プーと口《くち》で吹《ふ》きとばさなければならなかったから、そこで、プーという名《な》まえがついたのだと、わたしはおもうけれど、どうかな。

「それで、お話《はなし》、おしまい?」と、クリストファー・ロビンがききました。

「このお話《はなし》は、おしまいさ。でも、まだ、ほかのがあるね。」

「プーや、ぼくのお話《はなし》？」

「それから、コブタやウサギや、みんなのお話《はなし》さ。おぼえてないかい？」

「おぼえてるよ。だけど、ぼく、おもいだそうとすると、わすれちゃうんだ。」

「ある日《ひ》、プーとコブタが、ゾゾをつかまえようとしてさ……」

「つかまらなかったんだね？」

「ああ、つかまらなかった。」

「プーは、頭《あたま》がわるいから、つかまらなかったんだね。ぼく、つかまえた？」

「うん、そのことも、お話《はなし》のなかにでてくるんじゃないか。」

クリストファー・ロビンは、うなずきました。

「ぼく、ちゃんとおぼえてるんだよ。でも、プーは、あまりよくおぼえられないんだ。だから、プーは、なんどでもききたがるんだよ。お話《はなし》してもらうときのは、ほんとのお話《はなし》で、ただのおもいだしなんかと、ちがうんだもの。」

「そりゃ、おとうさんも同感《どうかん》だな。」と、わたしはいいました。

クリストファー・ロビンは、ふかいため息《いき》をつくと、ドアのほうへ歩《ある》いていきました。そして、ドアのところで、ふりかえり、

「ぼくが、おふろにはいるの、見《み》にくる？」

「いくかもしれないよ。」

「ぼく、プーのこと、うったとき、プー、けがしなかったね、した?」

「ちっともさ。」

クリストファー・ロビンは、うなずいてでていきました。そして、すぐ、クマのプーさんが、クリストファー・ロビンのあとについて、バタン・バタン、バタン・バタンと、はしご段《だん》をのぼっていく音《おと》が、きこえてきました。

BATH MAT

A. A. ミルン　1882-1956
イギリスの詩人、劇作家。ロンドン生まれ。ケンブリッジ大学では数学を専攻したが、文筆家になろうという決心は変わらなかった。風刺雑誌「パンチ」の編集助手をつとめ、自らも大いに筆をふるった。1924年、幼い息子を主人公にした詩集『クリストファー・ロビンのうた』が大成功をおさめ、2年後に代表作『クマのプーさん』が誕生するきっかけとなった。

E. H. シェパード　1879-1976
ロンドン生まれ。絵の才能にめぐまれ、奨学金を得て、ロイヤル・アカデミー(王立美術院)で学ぶ。雑誌「パンチ」で活躍し、編集委員となる。ミルンの作品につけたすばらしい挿絵は、ロンドンのミルン家や田舎の別荘を何度も訪問して、念入りに描いたスケッチから生まれた。

石井《いしい》桃子《ももこ》　1907-2008
埼玉県生まれ。編集者として「岩波少年文庫」「岩波の子どもの本」の創刊に携わる。『クマのプーさん』『ちいさいおうち』『たのしい川べ』をはじめ訳書多数。著書に『ノンちゃん雲に乗る』『幼ものがたり』『幻の朱い実』など。

装丁・ロゴデザイン　重実生哉

「はじめてのプーさん」は、物語『クマのプーさん』『プー横丁にたった家』からえらんだお話をカラーのさし絵とともにお届けするシリーズです。

はじめてのプーさん
プーのはちみつとり
A. A. ミルン文　E. H. シェパード絵

2016年 9 月 28 日　第 1 刷発行
2020年 8 月 6 日　第 2 刷発行

訳　者　石《いし》井《い》桃《もも》子《こ》

発行者　岡 本　厚

発行所　株式会社 岩波書店
〒101-8002 東京都千代田区一ツ橋 2-5-5
電話案内 03-5210-4000
https://www.iwanami.co.jp/

印刷・半七印刷　製本・牧製本

ISBN 978-4-00-116004-8　　Printed in Japan
NDC 933　46 p.　22 cm